GUIDE ET FORMULAIRE

DU

TESTATEUR

1904. PARIS. IMPRIMERIE LALOUX FILS ET GUILLOT
7, RUE DES CANETTES, 7

GUIDE ET FORMULAIRE

DU

TESTATEUR

OU TRAITÉ DU

TESTAMENT OLOGRAPHE

INDIQUANT

le moyen de disposer légalement, en secret, sans frais et aussi souvent qu'on le désire, des biens qu'on laisse après sa mort

PAR

L. B.-E. DUPOUX

Avocat

QUATRIÈME ÉDITION. — PRIX 80 CENTIMES

PARIS

CHEZ L'AUTEUR, RUE DE L'ARBRE-SEC, 52

ET CHEZ TOUS LES LIBRAIRES

—

1879

AU LECTEUR

Voici un petit livre comme on en fait peu. Sérieux sans prétention, il a déjà rendu de nombreux et réels services, confirmés par trois éditions successives.

Cet accueil bienveillant du public spécial auquel il s'adresse fait un devoir à l'auteur d'en publier une nouvelle édition, à laquelle il ne doute pas que le même succès ne soit réservé. Pourquoi? Parce que son livre s'adresse à la multitude des travailleurs de toutes les classes, plus préoccupée de ses travaux et de ses affaires que de la législation en général, trop absorbée par les soucis et les devoirs de chaque jour pour songer au lendemain; à tous ceux enfin qui, pour une cause ou une autre, ajournent le soin de faire leur testament jusqu'au jour où la maladie vient leur en imposer l'obligation et ajouter aux souffrances physiques les préoccupations et les soucis des intérêts matériels à régler.

En quelques pages simplement et clairement écrites, ce livre expose à toutes ces personnes ce que c'est qu'un testament olographe, les avantages et surtout la tranquillité d'esprit qu'il assure à chacun; enfin les conditions rigoureusement exigées pour sa validité.

Aussi tout lecteur reconnaîtra l'utilité, à tous les points de vue, de cette publication qui le dispense de recourir à des conseils trop souvent intéressés et quelquefois dangereux, et qui, en lui indiquant le moyen de disposer, pour le temps où il n'existera plus, de tout ce qui lui appartient, et cela, à son heure, en secret, sans avoir recours à personne, lui permet d'agir seul et de changer ses dispositions aussi souvent qu'il le juge nécessaire.

Au devoir de continuer une publication si bien appréciée par le public vient s'ajouter l'obligation, pour l'auteur, de compléter son œuvre, en se mettant à la disposition de ceux des lecteurs qui peuvent avoir besoin de conseils pratiques et directement appropriés à leur situation particulière. Bien des personnes lui avaient demandé de créer un cabinet à cet effet. Il n'avait pu, à son grand regret, leur donner satisfaction plus tôt. Il est heureux de pouvoir annoncer aujourd'hui qu'il sera à la disposition des personnes qui voudront le consulter, à l'adresse indiquée sur le livre ; elles trouveront auprès de lui des conseils aussi discrets que dévoués. Il existe, dans la vie, des positions délicates, des situations difficiles, sur lesquelles la personne qui veut faire son testament a quelquefois besoin de conseils expérimentés pour agir avec sûreté. Qu'elle s'adresse à l'auteur sans hésitation; il s'empressera de la guider et de la diriger, en mettant à son service les conseils et l'appui de sa vieille expérience.

E. D.

GUIDE ET FORMULAIRE

DU

TESTATEUR

De la nécessité et de l'urgence de faire son testament.

Pour celui qui jouit d'une fortune considérable qu'il a reçue de ses parents ou qu'il doit à son industrie, comme pour celui qui, ayant hérité de peu, s'est acquis une modeste aisance par son travail, ou qui, n'ayant rien, a gagné, à la sueur de son front et à force de peines et de privations, seulement de quoi se loger, se nourrir et s'entretenir convenable ment, il n'est pas de plus grand chagrin que de savoir que ce qu'il possède, s'il vient à mourir sans enfants ou sans testament, passera entre les mains de parents avides, jaloux, méchants, qui quelquefois même ont été, pendant sa vie, ses ennemis les plus acharnés.

Lorsque cette pensée vient le tourmenter, et elle vient souvent, surtout à la moindre indisposition qui se déclare ou quand l'âge le pousse vers la tombe, il se tranquillise en se disant : « Je ferai mon « testament, afin de punir ces parents, « faux amis, qui boivent à ma santé, et « désirent ma mort, et ceux qui sont « mes ennemis déclarés, et qui espèrent « boire un jour à la leur à mes dépens. » Cette résolution le calme, le mal disparaît, la santé revient, il se flatte d'une longue vie, il oublie sa promesse, et c'est ainsi que, d'illusion en illusion, il recule, recule toujours son testament, jusqu'à ce qu'un accident fatal et imprévu l'emporte subitement, ou qu'une maladie grave, en le privant de sa liberté physique ou morale, si nécessaires toutes les deux pour le faire selon ses désirs, rende désormais inutile sa meilleure volonté.

Alors le voilà condamné à voir ceux dont le souvenir l'a tourmenté dans le cours de la vie, tourner autour de son lit comme des oiseaux de proie, épiant son dernier souffle pour enlever et se partager sa fortune, qui n'est le plus souvent que le fruit de ses peines et de ses épargnes; trop heureux si cette spoliation ne commence pas quand il respire encore, et s'il n'entend pas, en mourant, le craquement de ses meubles que l'on fouille, malgré ses ordres qu'on n'écoute plus, ses menaces qu'on méprise, ses prières qu'on dédaigne, et ses cris qu'on étouffe sous ces mots barbares : *Songez plutôt à mourir !!!*

Plusieurs fois nous avons été témoin de ces scènes cruelles; plusieurs fois aussi chacun de nous a pu voir mourir subitement, ou après une courte maladie, des personnes qui, faute de n'avoir pas fait leur testament, les unes par négligence, les autres, et c'est le plus grand nombre, ignorant les avantages que leur offre notre législation, à cause des frais assez considérables qu'il faut payer à un notaire et renouveler aussi souvent qu'on veut changer la moindre disposition, ont privé des parents qui les aimaient, de vrais amis qui les avaient obligés, de quelques preuves d'attachement et de reconnaissance qu'ils s'étaient pourtant bien souvent promis de leur laisser en mourant.

C'est, à notre avis, être coupable d'ingratitude que de retarder d'acquitter, par testament, des dettes aussi sacrées, surtout lorsque cet acte n'engage à rien durant la vie, et qu'il peut être révoqué quand on veut. C'est aussi pour ôter désormais toute excuse à la négligence ou à la mauvaise volonté, qu'en expliquant dans ce traité ce que c'est qu'un testament *olographe*, nous venons indiquer à toute personne qui peut écrire, le moyen de disposer légalement, en secret, sans frais et aussi souvent qu'elle peut le désirer, des biens qu'elle est susceptible de laisser après sa mort.

DES TESTAMENTS

EN GÉNÉRAL

—

Pour remplir consciencieusement la tâche que nous nous sommes imposée, nous ne saurions mieux faire que de citer textuellement les articles du Code civil qui règlent la forme des testaments, en faisant suivre chacun de ces articles d'un commentaire qui aide à l'intelligence et à la conviction du lecteur.

ART. 895 DU CODE CIVIL

Le testament est un acte par lequel le testateur dispose, pour le temps où il n'existera plus, de tout ou partie de ses biens, et qu'il peut révoquer.

Plusieurs personnes, qui n'ont aucune notion du droit, s'imaginent que faire un testament, c'est donner irrévocablement son bien ; il y en a même quelques-unes qui vont jusqu'à penser que si l'acte testamentaire venait à tomber entre les mains de celui que l'on fait son héritier, celui-ci serait en droit de se faire mettre en possession des biens donnés. C'est une erreur, nous dirons même une absurdité des plus grandes. Quand on a fait son testament, on peut le modifier, le révoquer en entier si l'on veut, le refaire à toute heure, à tout instant de la vie. Viendrait-il à être soustrait de son vivant, on en fait un autre ; le dernier est le seul valable, c'est la date qui le désigne, et ce n'est qu'après la mort du testateur que l'acte qui exprime légalement ses dernières volontés est mis à exécution.

Quels sont ceux qui peuvent ou ne peuvent pas tester ?

ART. 901

Pour faire son testament il faut être sain d'esprit.

La loi sur l'interdiction a pourvu au cas de démence. Le testament *olographe* d'une personne qui meurt interdite est nul, quand bien même il aurait été fait avant l'interdiction, vu que le testateur peut mettre la date qu'il veut ; mais, comme la démence est la privation habituelle de la raison, on peut n'être pas interdit, et pourtant n'être pas sain d'esprit quand on fait son testament. Alors on consulte le testament ; si les dispositions qu'il renferme sont extravagantes et contraires à la saine raison, il est prouvé que le testateur n'était pas sain d'esprit, et le testament est nul.

Il est aussi déclaré nul, si ces dispositions prouvent que le testateur n'avait pas la liberté de le faire à son gré, ou qu'il a été circonvenu par une personne avide, ou qu'il a testé sous l'influence de toute autre manœuvre, etc.

ART. 902

Toutes personnes peuvent disposer par testament, excepté celles que la loi en déclare incapables.

Le mineur âgé de seize ans révolus peut faire son testament ; mais il ne peut disposer que de *la moitié* des biens dont la loi permet au majeur de disposer.

La femme n'a besoin ni du consentement du mari ni d'autorisation de la justice pour faire le sien.

Sont déclarés par la loi incapables de tester, les mineurs âgés de moins de seize ans, les personnes interdites, celles frappées de mort civile et les contumax.

ART. 967

Toute personne pourra disposer par testament, soit sous le titre d'institution d'hériiier, soit sous le titre de legs, soit sons toute autre dénomination propre à faire connaître sa volonté.

Le plus grand défaut, dit M. Bigot-Préameneu, que la législation sur les testaments ait eu chez les Romains, et depuis en France, a été celui d'être trop compliquée. On a cherché les moyens de la simplifier. On a donc commencé par écarter toute difficulté sur le titre donné à la disposition, et le testament vaudra sous quelque titre qu'il ait été fait, soit sous celui d'institution d'héritier, soit sous le titre de legs universel ou particulier, soit sous toute autre dénomination propre à manifester sa volonté.

Des diverses formes de testaments

ART. 969

Un testament pourra *être olographe*, ou fait par *acte public*, ou dans la forme *mystique*.

On voit, par cet article, que la loi reconnaît trois sortes de testament :

1º Le testament *olographe*, fait en entier par le testateur, et sans l'assistance de personne ;

2º Le testament *par acte public*, reçu par deux notaires, en présence de deux témoins, ou par un notaire, en présence de quatre témoins ;

3º Le testament *mystique*, qui contient les dispositions du testateur signées par lui seul, remis clos et scellé à un notaire, en présence de six témoins, et sur l'enveloppe duquel ce notaire dresse un acte qui constate la nature du dépôt.

Il est aisé de reconnaître, dans ces trois

formes de testament, la prévoyance et la sollicitude du législateur, qui a voulu que tout individu pût disposer, avant de mourir, de ce qui lui appartient. En effet, le testament *olographe* convient à celui qui sait signer et écrire, le testament *mystique* à celui qui ne sait que signer, et le testament par *acte public* à celui qui ne sait ni écrire ni signer.

La loi prescrit plusieurs formalités auxquelles sont assujettis les Français à l'étranger, les militaires et les individus employés dans les armées de terre et de mer ou sur les bâtiments de commerce, qui veulent faire un testament *mystique* ou par *acte public*, et qui sont privés de l'assistance d'un notaire. Nous n'en parlerons pas, attendu que toutes ces formalités sont inutiles pour celui qui peut faire un testament *olographe*.

DU TESTAMENT OLOGRAPHE

ART. 970

Le testament olographe ne sera point valable s'il n'est écrit en entier, daté et signé de la main du testateur; il n'est assujetti à aucune autre forme.

La loi est simple, mais elle est sévère. Nous allons commenter cet article plus longuement, et, pour assurer au testateur la validité de cet acte important, nous mettrons sous ses yeux la seule et véritable interprétation du texte de la loi, confirmée par plusieurs arrêts de hautes cours de justice.

Le testament *olographe* est celui dont la forme est la plus simple et la plus commode; il est aussi celui qui exprime le mieux la volonté du testateur.

Il sera nul s'il n'est écrit en entier de la main du testateur.

Il peut être écrit dans toutes sortes de langues et sur un papier quelconque, mais *un seul mot* d'une main étrangère, *placé dans le corps de l'acte*, le rendrait nul (1).

Il faut éviter de surcharger les mots. La surcharge vicie l'écriture, et si le mot surchargé se trouve être capital dans la phrase, si, par exemple, il exprime le chiffre d'une somme, il donne prise à des interprétations diverses, et la volonté du testateur peut en souffrir.

Il est très prudent d'approuver les ratures, d'éviter les interlignes, de parafer les renvois et surtout d'indiquer par un signe quelconque les passages de l'acte auxquels ils se rapportent.

Il doit être daté. — La date est indis

(1) Un arrêt d'une Cour royale a annulé un testament olographe dont l'orthographe et la ponctuation ont été reconnues, par experts, d'une main étrangère.

pensable, non seulement pour constater que le testateur avait capacité pour tester lors de la confection de l'acte, mais encore pour en reconnaître la priorité dans le cas où il y aurait plusieurs testaments. Il faut qu'elle soit lisible, ou bien elle serait sans effet ; biffée, le testament serait nul. Elle peut être en chiffres et placée soit au commencement, soit à la fin de l'acte ; il est mieux pourtant, dans l'intérêt du testateur, qu'elle soit en toutes lettres ; la malveillance y trouve moins de prise.

On peut mettre, si l'on veut, une date antérieure ou postérieure à l'époque où l'on a fait le testament ; mais si elle était postérieure à la mort du testateur, le testament serait nul.

On peut aussi se dispenser d'indiquer le lieu où a été fait le testament, attendu qu'on peut le faire partout où l'on veut, à l'étranger comme en France. Cependant nous conseillons de l'indiquer, cela ne peut qu'aider à sa validité, si elle vient à être contestée.

Il doit être signé. — Le testament *olographe*, bien qu'écrit en entier et daté de la main du testateur, s'il n'est signé par lui, n'est considéré que comme un projet, et sera déclaré nul, attendu que c'est par la signature seule que le testateur manifeste sa volonté. Il faut signer comme on signe habituellement, comme on a signé, par exemple, dans son contrat de mariage ou dans tout autre acte important. La signature doit être mise à la fin de l'acte. Tout ce qui serait écrit après serait nul et sans effet.

Il n'est assujetti à aucune autre forme. — En exigeant, sous peine de nullité, que le testament *olographe* fût écrit en entier, daté et signé de la main du testateur, la loi a voulu s'assurer qu'il était l'expression de sa libre volonté, et elle a jugé ces formalités suffisantes pour le prouver.

Deux personnes ne peuvent pas tester

dans le même acte, ou bien le testament serait nul.

FORMULES DE TESTAMENTS OLOGRAPHES

Pour ne pas apporter la confusion dans l'esprit du lecteur, nous ne citerons que trois manières de disposer par testament olographe ; ce sont les principales et les plus usitées ; libre ensuite à chacun de les modifier à son gré.

FORMULE N° 1

Veut-on donner tous ses biens à une seule personne, soit le mari à sa femme, ou la femme à son mari, *sans enfants*, ou, si l'on est célibataire, à une personne désignée.

« Je soussigné (*nom*, *prénoms*, *profession*), voulant, ainsi que la loi le permet, disposer par testament olographe, pour le temps où je n'existerai plus, de tous les biens qui m'appartiennent et dont la loi me permet de disposer, etréunissant, pour tester, la capacité, l'entière libertéd'esprit ettoutes les qualités exigées par la loi, j'ai résolu de faire mon testament comme suit :

« Je donne à (*prénoms*, *nom*) ma femme, mon mari, mon parent, mon ami (*profession*, *demeure*) tous les biens d'une nature quelconque que je me trouverai posséder au moment de mon décès, et je désire et entends *qu'elle* (qu'il) en prenne possession aussitôt après ma mort, à charge par *elle* (lui) de payer toutes les dettes et remplir toutes les obligations, valables après mon décès, que je pourrai avoir contractées de mon vivant.

« Tel est mon testament olographe, contenant mes seules et dernières dispositions, librement résolues par moi, écrit en entier, daté et signé de ma main, et j'exige qu'il soit, après ma mort, exécuté dans son entier, car telle est ma volonté de mon vivant.

« Paris (*date en toutes lettres*).

(*Signature*).

(*Adresse*).

Nota. — Cette formule convient aussi au mari et à la femme *avec enfants* qui veulent se donner la jouissance *d'une partie* de leurs biens. Il suffit de rayer *tous les* et de remplacer ces deux mots par ceux-ci : *la jouissance du tiers, du quart ou de la moitié des...*, etc.

FORMULE N° 2

Veut-on faire des legs particuliers et donner le surplus en partage à une ou plusieurs personnes, mais en réserver la jouissance à sa femme ou à son mari, ou à une autre personne.

« Je soussigné (voyez le n° 1). . . . . comme suit :

« Je donne et lègue, à titre de parenté,

à M. . . . .
(*Désignation de la somme ou de l'objet*).

« Je donne et lègue, à titre d'amitié, à M. . . . .

« Je donne et lègue, à titre de reconnaissance, à M. . . . .

« Et quant à tous mes autres biens, je les donne à M et M (demeurant) rue n° , qui se les partageront après le décès de M , à qui j'en donne la jouissance, et que je charge d'acquitter, aux dépens de ma succession, les legs ci-dessus, de payer, etc. (comme au n° 1). »

Nota. — Lorsqu'on n'a pas de jouissance à donner à personne, après ces mots « *se les partageront* » on ajoute : « *après ma mort*, » et l'on supprime tout le reste jusqu'à ces mots, et « *que je charge.....* » etc.

FORMULE N° 3

Veut-on partager sa succession entre plusieurs personnes, fixer soi-même à chacune ce qu'elle doit avoir, et nommer un exécuteur testamentaire.

« Je soussigné (voyez la formule n° 1) . . . . comme suit.

(*La suite comme au n° 2, jusqu'à ces mots* ET QUANT).

« Je nomme monsieur. . . . . mon exécuteur testamentaire ; je le prie d'accepter cette preuve de ma confiance en lui, et, pour lui témoigner ma reconnaissance, je lui donne une somme de. . . . . à prélever sur ma succession, à charge par lui de faire exécuter toutes les clauses de mon testament, mes obligations antérieures à mon décès préalablement remplies, et de remettre le surplus de ma succession, s'il y a lieu, moitié au bureau de bienfaisance de mon arrondissement, et l'autre moitié à l'hospice de. . . . .

« Tel est mon testament (*comme au n° 1*).

Nota. Après le préambule, les personnes pieuses ajoutent ordinairement ceci :

« Je recommande mon âme à Dieu, et veux qu'à mon décès mes obsèques soient faites selon l'usage du pays où je mourrai, et suivant ma condition. . . . . etc. »

DE LA GARDE DU TESTAMENT

Le testateur, pour s'assurer que son testament ne sera pas impunément soustrait après sa mort par les personnes qui l'entourent, peut en déposer un double entre les mains d'une personne sûre qui aura mission de le représenter à tout évènement, et de le déclarer à la justice.

Nous engageons le lecteur qui se trouverait dans ce cas, à relire la préface de ce livre, où l'auteur lui offre non seulement ses conseils, mais encore son concours.

LA LOI

Autorise-t-elle les parents à déshériter leurs enfants ?

—

Quelques personnes nous ont demandé d'indiquer dans cette nouvelle édition le moyen de déshériter les enfants dont on pouvait avoir à se plaindre. Nous sommes profondément peiné qu'une telle demande nous ait été faite; nous y répondrons par cinq mots seulement : LA LOI VOUS LE DÉFEND. Que si on nous pressait d'expliquer notre laconisme, nous dirions à ces parents inflexibles, dont l'oreille est sourde à la voix de la nature et le cœur fermé à ses plus douces émotions, que la mauvaise conduite de leurs enfants est quelquefois un reproche direct à leur adresse, mérité ou par trop de rigueur ou par trop de faiblesse à leur égard, et plus souvent une juste punition de mauvais exemples au milieu desquels ont grandi leurs enfants. Il est rare, en effet, de voir dans une famille sage, unie et laborieuse, des enfants dont l'inconduite force les parents à les déshériter. Mieux vaut encore, au lieu de les pousser de plus en plus, par cet abandon, dans l'abîme vers lequel ils penchent, redoubler d'efforts pour les en éloigner, en employant la douceur, la patience et les bons avis donnés sagement et surtout à propos.

CONCLUSION

Nous avons entendu bien des personnes se plaindre de ce que plusieurs de nos écrivains, qui se sont donné la louable mission d'instruire, au lieu de travailler, de temps en temps et comme par délassement, à propager, par des écrits simples et peu dispendieux, les connaissances les plus usuelles et les plus utiles à la classe la moins instruite de la société, n'emploient leur temps et leur talent qu'à de grands travaux historiques ou scientifiques; en un mot, qu'ils ne cherchent à instruire que des gens instruits. Ce reproche n'est pas sans quelque fondement; car, selon nous, un nom dont l'autorité, en matière quelconque, a été enregistré par la société, a cessé d'être une propriété individuelle; celui qui a l'honneur de le porter se doit d'abord aux masses, et non à quelques privilégiés.

Nous concevons parfaitement cette préférence, aux deux points de vue d'un grand nombre de ces messieurs, l'amour-propre et l'intérêt; mais nous sommes loin de l'approuver, parce qu'elle est trop exclusive, et, tout en rendant pleine justice à leur talent et à leur mérite, et les remerciant sincèrement du résultat de leurs recherches pénibles et de leurs longues veilles, nous avouons que nous sommes plus cordialement entraîné vers le petit nombre d'entre eux qui pense et agit autrement. Au reste, laissons chacun recueillir en paix le fruit de ses travaux. Aux uns, beaucoup d'or et l'estime douteuse et jalouse des savants, aux autres, la reconnaissance et l'amour de leurs concitoyens. C'est pour tâcher de mériter cette dernière récompense que nous avons employé quelques moments de loisir à faciliter à la personne la moins intelligente, au moyen d'un exposé simple, clair et précis de la législation des testaments, la confection d'un acte si important dans la vie, et qui exerce tant d'influence sur notre tranquillité physique et morale. Et, sans vouloir donner à notre traité, pour lequel nous avons consulté les meilleurs jurisconsultes, plus d'importance qu'il ne mérite, nous avons néanmoins la conscience d'avoir fait une chose utile, sous l'inspiration d'un sentiment d'humanité.

TABLE

1904 — Paris. Imp. Labbux fils et Guillot, 7, rue des Canettes.

Les lecteurs de ce livre qui voudront s'adresser à l'auteur pourront se présenter à son cabinet, 52, rue de l'Arbre-Sec, tous les jours, dimanches et fêtes exceptés, de 4 à 6 heures.

E. D.

1904. — Paris. Imp. Laloux fils et Guillot, 7, rue des Canettes.

www.ingramcontent.com/pod-product-compliance
Ingram Content Group UK Ltd.
Pitfield, Milton Keynes, MK11 3LW, UK
UKHW021532260726
13993UKWH00004B/1958